親愛的鼠迷朋友，
　　歡迎來到老鼠世界！

謝利連摩・史提頓

Geronimo Stilton

謝利連摩·史提頓

菲

賴皮

班哲文

《鼠民公報》
辦公室

老鼠記者

狂鼠報業大戰！

ATTENTI AI BAFFI...ARRIVA TOPIGONI!

作者：Geronimo Stilton　謝利連摩・史提頓
譯者：文聲
責任編輯：陳雷　范曉霞
中文版美術設計：羅益珠
繪圖：Larry Keys
內文設計：Merenguita Gingermouse Soia Topiunchi
出　　版：新雅文化事業有限公司
　　　　　香港筲箕灣耀興道 3 號東匯廣場 9 樓
　　　　　營銷部電話：（852）2562 0161
　　　　　客戶服務部電話：（852）2976 6559
　　　　　傳真：（852）2114 7978
　　　　　網址：http://www.sunya.com.hk
　　　　　電郵：marketing@sunya.com.hk
發　　行：香港聯合書刊物流有限公司
　　　　　地址：香港新界大埔汀麗路 36 號中華商務印刷大廈 3 字樓
　　　　　電話：（852）2150 2100　　傳真：（852）2407 3062
　　　　　電郵：info@suplogistics.com.hk
印　　刷：C & C Offset Printing Co., Ltd.
　　　　　香港新界大埔汀麗路 36 號
版　　次：二〇〇六年七月初版
　　　　　10 9 8 7 6 5 4 3 2

老鼠記者 Geronimo Stilton

狂鼠報業大戰

謝利連摩・史提頓
Geronimo Stilton

新雅文化事業有限公司
www.sunya.com.hk

目錄

弗拉斯 · 沖刷鼠

謝利連摩的競爭對手《咆哮老鼠》的創辦鼠

狄勒鼠

推銷高手

托圖利安 · 懲罰鼠

「恐怖測驗」主持鼠

百吉 · 麵包鼠

鼠沙娜的表弟麵包師

咆哮老鼠

這是七月的一個**悶熱的**上午。

所有的鼠民都盼望去度假。

我去街道拐角處的一家咖啡館吃早餐（像從前一樣）。在那裏，我喝了一杯泡沫咖啡，吃了一個**芝士牛角包**。然後，我走到一個**報攤**尋找一份**最新出版**的《鼠民公報》⋯⋯（像從前一樣）

　　噢，我還沒有告訴你，是嗎？我經營《鼠民公報》，這是老鼠島上最受歡迎的報紙。吱吱吱！我的名字叫做史提頓，**謝利連摩‧史提頓**！

　　正如我所說的，我去報攤尋找一份我的報紙。

　　我尋找，尋找，不斷尋找……但是一份也沒有找到。

　　我跟報販說：「早晨，我正在尋找我的《鼠民公報》。」

　　他抓一抓他的鬍子，不自在地說：「啊，我沒有收到！」

　　我覺得非常驚奇：「怎麼回事，你全賣出去了嗎？」

　　他搖了搖頭，顯得更不自在了。

咆哮 老鼠

「史提頓先生，真相是……我的報攤不再出售《鼠民公報》了。」

我非常驚訝，「從什麼時候開始的？」

他指着貼在報攤牆壁的那份專門刊登醜聞的《咆哮老鼠》報紙，說：「今天上午六時，⊙單眼⊙老鼠跑過來。他給了我一筆令鼠完全不可相信的錢，叫我只銷售《咆哮老鼠》……然後，他拿走了所有的《鼠民公報》，它們將被送到廢紙回收廠。對不起，史提頓先生，你也知道，生意就是生意……」

他揮動着印有許多、非常多個零的支票。我結結巴巴地說：「什麼？什麼？什麼？一隻單眼老鼠？」

我跑進了辦公室，我非常憤怒地閱讀《**咆哮老鼠**》：他們怎麼膽敢說《鼠民公報》已到了破產的邊緣？

《咆哮老鼠》！

妙鼠城裏令人震驚的醜聞！！！！

獨家報道：《鼠民公報》可能已經到了破產的邊緣！任何一個地方的報攤都不再銷售那份報紙了，書店也不再銷售史提頓的圖書了！

將來的日子是多麼艱難啊！親愛的讀者，不必替《鼠民公報》感到惋惜！《咆哮老鼠》將讓你知道……我們更加好！！！

謝利連摩·史提頓，《鼠民公報》的總編輯

一隻單眼老鼠⋯⋯

當我從乳酪蛋糕大道的書店前經過時，我隨意看了一下窗口。

當我知道史提頓出版社的圖書竟然一本也沒有的時候，我的心都停止跳動了！所有新圖書都來自一家新的出版社——《咆哮老鼠》集團！

書店股東——**貝薩鮑圖書公司**的一個看起來非常**囧囧**的老鼠出現在門口，我已經認識這隻老鼠有二十年了。

他看起來很不自在。

「史提頓先生，你聽過這條新聞，不是嗎？對不起，我不再出售你們出版社的圖書了。我已經接受了一項來自單眼老鼠的建議……」

他在我的大鼻子下揮動着印有許多、非常多個零的支票。我的臉色像莫澤雷勒乳酪那樣蒼白，我認為：「這意味着事情比我想像的還要差！」

我的鬍子焦慮地發抖，我氣喘吁吁地沿着走廊一直跑，匆忙地衝進我的辦公室，並且用最大的聲音叫我的祕書：「鼠莎

……我用最大的聲音叫我的秘書

誰是那隻神祕的老鼠？

我的合作者氣喘吁吁地走進來。

「史提頓先生？你聽說了這條消息嗎？」

「島上所有的報攤給了《咆哮老鼠》獨有銷售權……」

「所有書店僅銷售《咆哮老鼠》集團出版的圖書……」

我憤怒地咬一咬我的尾巴，高聲尖叫：「這意味着事情比我想像的還要、還要嚴重！」

我打開了電視機，著名的第一電視台的記者宣布：**最新消息**

「特別報道！今天早上，一隻神祕的單眼老鼠——《咆哮老鼠》集團的股東訪問了島上

著名的第一電視台
最新消息

大多數報攤和書店，收集史提頓出版社的報紙和圖書，這些報紙和圖書即將被送到**廢紙回收廠**。但是……那隻正在毀滅謝利連摩·史提頓的神祕老鼠是誰？？？」

我的鬍子在惱怒地**抖動**，我尖叫道：「這意味着事情比我想像的還要、還要、還要差！」

馬克斯，綽號坦克車

鈴鈴鈴！我去接電話。

「你好，我是史提頓，謝利連摩·史提頓！」

是**麗萍姑媽**打來的，她是我特別喜愛的姑媽。

「姪兒，我有一些壞的，或者我應該說可怕的消息告訴你。啊，我的意思是，我不知道怎麼表達……爺爺……爺爺馬克斯……」

在提到我的爺爺**馬克斯**，綽號**坦克車**的時候，一些瑣碎的記憶在我腦海裏一閃而過。馬克斯是《鼠民公報》的創立者。

我問：「麗萍姑媽！告訴我真相！爺爺……爺爺馬克斯……他病了嗎？」

　　這時，我聽到爺爺對着電話咆哮：「不可能！我覺得很好！除非你現在努力救活這家出版社，否則，我要收回《鼠民公報》的經營權！乖孫，聽清楚我的意思了嗎？？？」

　　我要設法反對：「但是爺爺……」

　　他尖叫：「乖孫，馬上行動吧！懂嗎？

否則，我將過去把你扔出去！！！扔出去！！！

利連摩·史提頓

馬克斯，
綽號坦克車

清楚了嗎？清楚了嗎？乖孫？？？」

我覺得玩完了。

我流盡老鼠能夠流的所有淚水，並且絕望地拔掉我的鬍子。

「這意味着事情比我想像的還要、還要、還要、還要差！」

我拔掉我的鬍子
我拔掉我的鬍子
我拔掉我的鬍子
我拔掉我的鬍子
我拔掉我的鬍子
我拔掉我的鬍子
我拔掉我的鬍子
我拔掉我的鬍子
我拔掉我的鬍子

暗箭傷人！！！

電話鈴聲又響了。

電話那頭是**一隻貪婪的、吝嗇十足的老鼠**，她擁有**約克郡布丁街13號那棟大樓。**

「早晨，史提頓先生……啊咳，我必須要求你提前搬出報館……今天早上，單眼老鼠給了我一筆**相當可觀**的價錢購買報館……當然，我接受了……」

一隻貪婪的、吝嗇十足的老鼠

我不知所措。「**什麼？什麼？什麼？**你說《**鼠民公報**》大樓已經被收回了嗎？」

她低聲說道：「抱歉……非常非常抱歉……但是我希望你立即離開，新主人——《**咆哮老鼠**》集團——他們的傢具**半個小時**後就搬到這裏……」

我憤怒得**汗毛直豎**，我大聲嚷道：「但……但……這是暗箭傷人！！！」

她清了清喉嚨，「啊，史提頓先生，或許你是對的。但是你要明白，生意就是生意……單眼老鼠的確給了我不菲的價錢……」

我放回電話聽筒，**低語**道：「我將把鬍子押在這個生意上……這意味着事情比我想像的還要、還要、還要、還要、還要差！」

他能夠經營銀行！

電話鈴聲再一次響起。「又發生什麼事了？」

我抓起電話聽筒，惱怒地喊叫：「吱吱吱！！吱吱吱！！！這次又是誰？」

電話裏傳來妙鼠城鼠利時銀行經理的聲音，是阿萊亞斯・銀行鼠。

「早晨，請問是史提頓先生，謝利連摩・史提頓嗎？」

「我就是謝利連摩・史提頓，」我大聲喊道，「我敢打賭你要告訴我，你要

阿萊亞斯・銀行鼠

收回借給我們報館的貸款……」

他驚訝地吱吱叫着：「**是的！**」

我繼續講：「我敢打賭你要告訴我，你非常抱歉，但是，你不能再給我貸款……」

他更驚訝地吱吱叫着：「**是的！是的！**」

我繼續講：「我敢打賭，你要告訴我，鼠利時銀行被單眼老鼠收購了……」

他尖叫：「**是的！是的！是的！**」

我憤怒地喊叫：「告訴他，他可以經營銀行！但他不知羞恥！老鼠也應該遵守商業規則！」

我掛斷電話，垂着鬍子，用很哀傷的語調低聲說：「這意味着事情比我想像的還要、還要、還要、還要、還要、還要差！」

所有事情都在一個早上發生

我暈倒在書桌上。每件事情都發生得這麼突然，所有事情都在一個早上發生……

鼠莎娜拿起一塊乳酪在我的鼻子前揮動，以便使我蘇醒。

當我醒過來時，聽見其他鼠低聲說：「這隻神祕的老鼠真的想把《鼠民公報》推上絕路……」

「但是，他是誰呢？」

我意識到我必須振作起來。我大聲喊叫，以便所有老鼠在混亂中都能聽到我的聲音：

清潔工達斯提・清潔鼠

「**安靜！**」

然後，我開始作一次莊嚴的演講。「情況越糟糕，就越需要控制我們的情緒。

出版社將會度過難關的！！！」

清潔工達斯提・清潔鼠問我：「史提頓先生，你的演講非常精彩，但是你現在準備做些什麼呢？」

我梳理了一下我的毛髮，沈思了一會兒，然後用⊙眼睛看了看每一位鼠伴，清了清嗓子準備說話……

但是，我話還沒出口，就已經淚流滿臉，我哭着說：「我 不 知 道 道 道 道 道 道 道

我聽到其他鼠低聲說：

「可憐的傢伙，他已經泣不成聲了……」

「很明顯，他將所有的**資金都投放**到了公司……」

「確實如此……」

「他爺爺馬克斯，綽號坦克車，對他說了什麼呢？」

「實際上，無疑是對他做了**可怕**的事情……」

「難以相信，所有的事情竟然在一個早上發生……」

「的確難以置信，吱吱吱……」

「可憐的史提頓先生，他是一隻被摧毀的老鼠，他將何去何從？」

「誰知道……」

「我不想被他的壞心情所影響……」

鼠淚縱橫

大門突然打開，我跳上我的椅子。

我的妹妹菲闖了進來，她是報社的特約記者。

她用手爪拉着我最疼愛的姪兒班哲文。

「謝利連摩，」菲對我大聲尖叫，「你必須做些事情！立即就做！」

班哲文向我跑來，吻了吻我的鬍子，擔心地大聲說：

「是的，謝利連摩叔叔，你現在必須做些事情！**立即去做！**還為時不晚！」

我用爪帕抹抹眼淚，哭訴說：「我能做些什麼？能做些什麼？？？」

菲責備我說：「**謝利連摩！**你真丟臉！振作起來！你不能眼睜睜看着公司破產而假裝視而不見！」

我抹了抹鬍子，**熱淚**盈眶。我轉身走到鼠伴中間，**鼠淚縱橫**地說：

「朋友們……我叫你們朋友們，是因為過去二十年來，我們在《**鼠民公報**》裏同舟共濟，共享**快樂**，共擔**憂傷**。我們一起工作了多年，我們團結一心。今日，我更需要你們的支持。我……能再次得到你們的幫助嗎？」

安靜了一會兒後，他們鼠口同聲地大叫：

「**能能能能能能能能！**」

我意識到這是一個莊嚴的時刻。

我們必須做一些事情……但是做什麼事情好呢？

我的⊙目光⊙無意中落在了《鼠民公報》上。

這份報紙的分類廣告引鼠注目。我的⊙眼角⊙掃視到一則廣告。廣告上寫着：

小心你的鬍子……
狄勒鼠來了！！！

你是否正在尋找一個
解決銷售不理想的方法？
你是否正為買賣上的失意而悶悶不樂？
振作起來吧！不要擔心！
狄勒鼠在這裏！
他將找到正確的方法
去改善你的處境！

狄勒鼠：一隻老鼠，一個擔保

　　我突然有了靈感。我奪過報紙。

　　我將報紙像旗幟一樣在空中揮動。

　　我大叫：「如果書店和報攤不再要我們的……我們將尋找新的銷售渠道！我們將聘請這個狄勒鼠……用一千塊瑞士乳酪來聘請他，我們將會度過難關！我們將會！！我們將會！！！吱吱吱！」

　　他們都大聲呼叫：「謝利連摩·史提頓萬歲！《鼠民公報》萬歲！！！」

《鼠民公報》萬歲！！！

最後……

　　我撥了廣告上的手提電話號碼，五分鐘之後，我聽到了一聲大喊：

　　「小心你的鬍子，狄勒鼠（Dealerrat）來了！

D 代表抹乾（Dry）你的眼淚，狄勒鼠來了！！！

E 代表經濟（Economy）、效率（Efficiency）和效果（Effectiveness）！！！

A 代表所有（All）的都沒有消失！！！

L 代表將所有東西留給（Leave）我！！！

E 代表說夠（Enough）了，是時候採取行動了！！！

R 代表每個人都重整旗鼓（Rally）！！！

R 代表整裝待發（Ready）、步履穩健！！！

A 代表好像ABC那麼容易！！！

T 代表興致勃勃（Tails up）！我們作出必勝的姿勢！！！

「小心你的鬍子，狄勒鼠來了！」

大門突然打開，撞到了我的鼻子，擦傷了我的鬍子。

我就像郵票貼在信封上那樣，貼在門後慢慢地了滑下去，呻吟着說：「吱……」

鼠莎娜拿起一塊乳酪在我的鼻子前揮動，以便使我蘇醒。

當他走進來時，我睜開眼睛看到那隻鼠。我指的是剛剛進來的那隻老鼠。

一隻高大的老鼠站立在我的面前，他穿着一套灰色的西裝，繫着條紋領帶。他的頭被剃得光秃秃的，像桌球那樣閃閃發亮。我留意到他將一個黃色的手提電話貼在他的右耳，一個紅色的手提電話放在外套的口袋裏，一個藍色的手提電話放在他的胸口袋裏，一個綠色的手提電話在他的褲兜裏露出一個角，一

個**粉紅色的**手提電話掛在他的脖子上。

我困惑不解，**開**口喃喃道：「抱歉，但你是⋯⋯」

那隻鼠立即喋喋不休地說：「各位鼠民，早晨，我是狄勒鼠⋯⋯千萬不要有所顧慮，史提頓！你挑選了最**合合合合適**的老鼠！」

我後退了一步說：「啊，我明白，我的確明白，沒有必要大喊大叫⋯⋯我的耳朵沒有黏上乳酪！」

他再次喊叫，更加大聲地喊叫：「*最後，公司有多大呢？*」

我設法回答：「呃，公司……」

他不停地說：「*最後，最大的問題是什麼？*」

我結結巴巴地說：「呃……呃，問題……」

他不間斷地說：「*最後，最重要的是，我有多少薪金？*」

我**困惑不解**，說：「我認為……」

他打斷了我的講話：「*最後，我慷慨地提出兩倍價錢，我將立即開始工作，我的辦公室在哪裏？噢，和我想的一樣！*」

他一隻手爪抓住我的手爪並用力地搖動，而另一隻手爪則迅速地抓起放在我書桌上的切

達乾乳酪，胡亂地塞進他的口裏：「這塊乳酪味道非常好！」

然後，他沿着走廊蹦跳着離開，一邊嚎叫道：「小心你的鬍子，狄勒鼠來了！**擺動**你的尾巴！老鼠家族！來吧，現在開始推銷！」

我不得不啃了點乳酪以便恢復體力。

鼠莎娜像說夢話地嘀咕着：「一個天生的推銷鼠！你非常幸運找到他，史提頓先生……」

我恍恍惚惚地喃喃道：「你認為如此？」

鼠莎娜·麥莎鼠

來吧，現在開始推銷！

三十秒鐘後，辦公室的大門又被突然打開。

我跳起來……

並且瞪大**眼睛**：狄勒鼠回來了！他在我的書桌上蹦蹦跳跳，並且用鼠爪抓住麥克風開始滔滔不絕地對我的鼠伴們說：「我們必須賣出去，明白了嗎？賣出去！賣出去！！！**賣賣賣賣賣賣賣賣賣賣賣賣賣賣**出去！

他暫停了一下，吸了一口氣後又開始尖叫。

第一個目標：

超級市場和商場！

我們將站在門口，把報紙賣給來購物的鼠民！！！

我們站在超級市場的大門前……

第二個目標：

道路！

我們將在交通燈處等候，把報紙賣給停在十字路口乘車的老鼠！！！

在十字路口……

第三個目標：

火車站和地鐵站！

我們將每天二十四小時駐守在地鐵站和火車站，把書和報紙賣給旅客！

在地鐵站和火車站……

第四個目標：

挨家挨戶！

我們將挨家挨戶去敲門，推銷**最新**發行的報紙！

在每家每戶門前……

在海灘……

第五個目標：

海灘！

我們將巡視所有海灘，把書和報紙賣給躺着曬太陽的使皮毛變成棕褐色的遊客！！！

全天在電影院大門前！

第六個目標：

電影院！

我們將把書和報紙賣給進出電影院的鼠民，任何時候都可以這樣做！！！

狄勒鼠的眼睛閃着近乎狂熱的光芒，他大聲叫着：「你們都和我一起嗎？來吧，現在開始推銷！」

鼠伴都困惑地相互看了看，沈默了一會兒，然後大叫：

「狄勒鼠萬歲！！！」

狄勒鼠揮動着麥克風，開心地吱吱叫：

「我們絕處逢生！最後，我們都能度過難關！這是狄勒鼠的承諾！！！」

突然，他悲慘地尖叫道：「我丟失了我的手提電話！我現在要去尋找它！」

他匆忙地離開了房間。

我向前走近。

我想對我的鼠伴們說幾句話。

但是再一次很突然地，我聽到了叫喊：

「小心你的鬍子，狄勒鼠來了！」

大門再度被踢開，猛地撞上我的鼻子，並且擦傷了我的鬍子。

我聲音微弱地呻吟着說：「吱吱吱……」

狄勒鼠笑咯咯地走過來，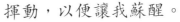我的慘狀。「不要擔心，史提頓！我找到了我的**手提電話**，我把它忘在廁所裏了！」

鼠莎娜再次拿起一塊乳酪在我的鼻子前揮動，以便讓我蘇醒。

我發現我的鼠伴們在竊竊私語。

其中一位鼠伴，**克廉米·喀什米爾**怕羞地向狄勒鼠索取麥克風

並吱吱叫：「啊哼，我也想宣布一下。」

　　狄勒鼠親切地把麥克風遞給她，以便她可以發表演說……

　　克廉米清了清她的嗓子，宣布道：

　　「啊哼，《鼠民公報》的全體員工已經決定放棄他們的假期，希望這樣可以救活報紙！」

　　我非常**感動**，並悄悄地擦乾淚水。

克廉米・喀什米爾

狄勒鼠親切地把麥克風遞給她，以便她可以發表演說……

克廉米繼續說：「為了使報紙度過困難時期，我將努力工作而不計報酬！」

狄勒鼠拍了拍我的肩膀後吱吱地說：「我們會度過難關的，史提頓。我們都準備好了新的銷售方法。最後，我們一定會度過難關的，我以我的皮毛作賭注，

這就是狄勒鼠的承諾」

十一點鐘的會議……

狄勒鼠繼續說：「我們需要新寫字樓經營《鼠民公報》！你們有意見嗎？」

大家沒有出聲。過了一會兒，我們聽到鼠莎娜的聲音。

「史提頓先生，我的表弟是一位麵包師，他叫**百吉‧麵包鼠**。他在克德斯街85號有一個大的地庫。我們暫時可以把出版社搬到那裏……」

百吉‧麵包鼠

狄勒鼠非常高興地宣布：

「就這麼辦，我們今天晚上十一點鐘在克德斯街85號開會。現在，帶上你們手中的圖書和報紙，趕快出發！*來吧，現在開始推銷！*」

每位鼠伴帶着包裹匆匆離開。

菲幾乎把自己貼在了電腦上，並開始在網上找資料。

從她的表情上能夠看出她很認真⋯⋯這

時，狄勒鼠把一個裝滿報紙的帆布背包放在我肩膀上，又在我的懷裏塞了一大綑的書，他倉促地尖叫：「跟上，史提頓！今天晚上之前必須賣出所有東西！*來吧，現在開始推銷！*」

他把我推出門外。「今天晚上十一點！吱吱吱！吱吱吱！吱吱吱！！！」

我歎息着離開。

這將是艱難的一天。

我在李克巷和巴馬遜街交界的**十字路口**

找到了一個地方，那裏靠近交通燈。

　　每當駕車鼠停在**紅**燈前，我便大聲叫：「報紙！**最新**消息！！！」

　　我接着又大聲叫：「書書書書！書書書書！」

　　「享受高雅的文化，閱讀優質的圖書，不要錯過史提頓的著作！！！」

　　我願意花一千塊瑞士乳酪，向你傾訴我所承受的不幸，的確是件很不幸的事情。

　　所有的駕車鼠因開着冷氣機而關着車窗，幾乎沒有誰將他們的手爪伸出窗外買東西。

　　許多駕車鼠假裝沒有看見我，而另一些則向我投來輕蔑的目光。

　　現在是七月底，熾熱的陽光灼傷了我的皮毛。

　　太陽**炙烤**着我的頭蓋骨。一想到我的出版社的未來，我就感到越來越沮喪……

　　鼠斯格伯爵的**豪華**私家車停了下來，鼠斯格伯爵是乳酪鎮最著名的老鼠之一。

　　我聽到了女伯爵喃喃地**低聲**說：

　　「那不是史提頓，謝利連摩·史提頓嗎？」

吱吱！

我聽到另外一隻老鼠十分八卦地回答她：
「哦，就是他！我聽説他破產了！所有事情都
是在一個早上發生的！今天早上發生的！不可
思議！」

　　司機打開車窗。他有一隻**高鼻子**，他**俯
視**着我：「給我一份報紙……零錢就不用找
了！」

　　我因羞愧而**滿臉通紅**。

　　但是我馬上意識到我所做的事情並不值得
羞愧：我是在設法挽救我的出版社呀！

　　所以，我抬起頭來，伸直尾巴，心裏想：
「又賣出了一份報紙！」

　　我鼓起全部勇氣再次開始喊叫：

　　「報紙！報報報紙！來自出版社社社社社
的最新消息！」

生活是美好的……

到了晚上，我的耳朵早被太陽**灼傷**了。因為跑上跑下，我的腳爪磨出了許多水泡，我的情緒也非常低落。我幾乎不能講話了……我感覺像一隻飢餓的貓。我疲倦地拖着身體來到郊外地庫——我們計劃在那裏開會。我看到麵包師的招牌：

百吉·麵包鼠
最好的麵包
歡迎購買

我聞到從地庫飄來新鮮出爐麵包的香味。

百吉，一隻**目光炯炯有神**的老鼠，向我走來並友好地和我握爪。

「你好，老闆！我聽說你的生意**有點**不妙，是嗎？」

我自我介紹道：「晚上好，我叫史提頓，**謝利連摩‧史提頓**！非常感謝你的幫助，出版社正處在一個困難時期，但是，我相信我們會度過難關的⋯⋯」

他輕拍我的肩膀，在我的衣袖上留下一團**麵粉**。

「我相信你們一定能度過難關的，老闆！誰都有困難的時候，重要的是堅持下去而不要灰心。千萬不要灰心，那是我一直堅信的！最重要的是，千萬不要喪失你的幽默！無論發生

空氣中有新鮮出爐麵包的香味……

什麼事情，都不要頹喪。老闆，只要有需要，你可以長期住在這裏。雖然我並不富有，但是……如果你需要一筆小額貸款……」

我搖了搖頭，非常感動。

百吉注視着我，擔心地說：「老闆，你看起來臉色蒼白，你吃過飯了嗎？」

他拿起一塊新出爐並塗滿乳酪的方包，放在我的手爪上。

「給你，希望你有一個好胃口，生活會**越來越好**的，我的乳酪方包能夠使一隻死老鼠蘇醒……」

「謝謝你，我很**感動**……」

「用不着謝我，助人為樂是快樂之本……噢，老闆，趁**熱**吃吧！」

我舔了舔鬍子。這乳酪真是美味……

我太在意我的尾巴了！

我們一邊啃着脆皮的乳酪麵包，一邊聚集在地庫裏堆放麵粉袋的地方。

狄勒鼠站在一個袋子上，正在貪婪地計算今天的收入。

「吱吱吱！吱吱吱！！吱吱吱！」他高興地叫着。

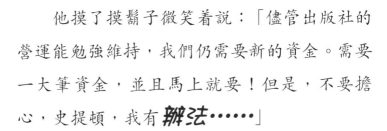

他摸了摸鬍子微笑着說：「儘管出版社的營運能勉強維持，我們仍需要新的資金。需要一大筆資金，並且馬上就要！但是，不要擔心，史提頓，我有**辦法……**」

他拍了拍我的肩膀，並在我的耳邊尖叫：「現在輪到你了，史提頓！」

我困惑地問：「你說的輪到我是指什麼？」

他對我置之不理，繼續說：「史提頓，你知道一個叫『**捕鼠器**』的電視節目嗎？節目中的**恐怖測驗**由**老鼠資助機構**獨家贊助，該節目在半夜播出，參賽者若答不中就必須坐在捕鼠器上，捕鼠器就夾住他的尾巴……有時

甚至把尾巴夾斷！這是現場直播的！！！」

　　我尖叫道：「那我就會像乳酪那樣！不！我太在意我的尾巴了！」

　　他搖了搖頭，「不不不，這無關緊要，史提頓……你要求我挽救出版社，我會盡力而為……然而，當我需要你的小小幫助時，你必須合作，明白嗎？」

　　我在地板上**捶胸頓爪**。

　　「你所説的小幫助就是要我去參加那個危險的恐怖測驗嗎？」

　　他狡點地笑道：「可是如果你答對就能得到十億元……」

　　我氣得鬍子都在**顫抖**，尖叫着問：「為什麼必須是我呢？」

我的祕書，鼠莎娜，代表每位鼠伴解釋：「史提頓先生，你是一隻有學問的老鼠，有文化內涵的老鼠。如果有鼠民能得到『捕鼠器』恐怖測驗的獎品，那就是你，非你莫屬……」

　　我歎息着說：「這意味着事情比我想像的還要、還要、還要、還要、還要、還要、還要差……」

　　然後我喃喃自語：「但是我毫無選擇：我接受！我為《鼠民公報》的榮譽而在所不惜！」

狄勒鼠頓時嚎啕大哭，嚇了我一大**跳**。

　　「史提頓，做得好！我們將會賺到**十億元**，我以我的尾巴打賭！！！順便說一下，史提頓，我現在就去替你報名參加今晚的恐怖測驗！你準備好了嗎，史提頓？？？呃？你準備好了嗎？史提頓頓頓頓頓頓頓！」

捕鼠器

　　我有幾個理由值得擔心：首先，那是一個危險的遊戲，此外，我是一隻**害羞**的老鼠⋯⋯現場直播，把我完全拋在幾百萬觀看電視的鼠民面前，這對我來説簡直難以想像！

　　百吉強逼我吃一塊乳酪麵包以便**振作精神**，他又把一個**新鮮出爐**的麵包塞進我的上衣口袋裏。「你不知道，也許你可能會感到很餓⋯⋯」

　　狄勒鼠帶我去**第一電視台**的錄影室，在那裏，將現場直播令人震驚的**恐怖測驗**。我認為，他擔心我會在最後一分鐘退縮⋯⋯我必須承認放棄的念頭非常強烈！

夜色已經降臨。

我們到達了**第一電視台**的錄影室，門衛用欽佩的眼光向我們上下掃視了一番。

他問：「你們中哪一位是參賽者？」

我回答：「啊哈，我是！吱！」

他和我握手爪。「祝福你，你一定是一隻很有勇氣的老鼠，才敢去參加**恐怖測驗**，該節目像捕鼠器那樣危險……」

我們終於進入了錄影室。

節目主持，**托圖利安·懲罰鼠**過來接見我們。

他是一隻臉色非常蒼白、有尖銳牙齒的老

鼠。他穿着白色絲綢襯衫、**黑色**西裝，肩膀上掛着鮮紅色錦緞做的披肩⋯⋯

懲罰鼠向我走來，並且用深沈而且令人心煩的聲音吼道：「你是參賽者嗎？我今晚要懲罰的鼠就是你？」

他看起來很像一個吸血鬼

托圖利安・懲罰鼠

我的臉色**轉為蒼白**，我設法悄悄地走到出口。狄勒鼠留意到我的舉動制止了我，他在我的耳邊喃喃道：「史提頓，現在你**無路可退**了，不是嗎？想一想公司的未來！來吧，勝敗在此一舉！」

我結結巴巴地說：「是的，但是，我太在意我的尾巴了！」

他低聲地吱吱叫：「過來，過來，史提頓，你更重視什麼，你的尾巴還是《**鼠民公報**》？」

我反駁說：「好問題！給我一點時間**深思**這個問題，遲些才回答你可以嗎？」

懲罰鼠一把抓住我的尾巴。

「你沒有機會退出了，你知道嗎？我們已經**鎖**上了錄影室裏所有的門，史提頓，捕鼠器準備好了！」

然後，他呼叫：「還有二十秒鐘。史提頓，祝你幸運過關或者粉身碎骨！」

接着，他發出令鼠毛骨悚然的大笑：「嘻嘻嘻嘻嘻嘻嘻嘻嘻嘻嘻嘻……」

我在戰慄。

祝你好運，史提頓！

錄影室的燈光突然熄滅了。一個巨大的擺鐘開始敲響報時：

一、二、三、四、五、六、七、八、九、十、十一、十二……是現在午夜時分！

1、2、3、4、5、6、7、8

燈光又突然亮了，我恍惚地眯着眼。

兩隻健壯的老鼠抓住我，大聲叫道：「你的時間到了，史提頓！」

他們緊緊抓住我，將我推到一個巨大的捕鼠器前。

狄勒鼠在一旁吱吱叫：

「祝你好運，史提頓！」

　　我小聲地回答：「看來只有希望好運了！」

　　他們把我的尾巴放在彈簧下。

　　現在我真的墜入了*陷阱*……所有的語言都無法形容我的感受！！！

　　托圖利安·懲罰鼠情緒激動地宣布：「這是今晚的參賽者……來自妙鼠城的謝利連摩·史提頓！」

米特莉　　皮特　　何斯特　　金尼

阿韋狄戈　　李帕特　　歐姆巴斯頓　　蘭肯斯坦　　阿姆派

當心你的尾巴，史提頓！

我觀察了一下評審委員。都是些陌生的
面孔……看起來一個個都賊眉鼠眼！

懲罰鼠繼續說：「告訴我們，告訴我們，

阿芬

阿徒阿利　　　俄斯　　　浦勒車

利勒　　拉庫勒　　　托帕拉森　　　　　　　吾谷巴利兒斯

奧特吉斯特

親愛的史提頓先生，你從事什麼職業呢？」

我清了清嗓子。

「啊哈，我是一名出版商，我經營老鼠島上最受歡迎的報紙，《鼠民公報》……」

他吱吱地譏笑道：「最近我們聽說你的生意不太好，親愛的史提頓……這就是為什麼你來參加我們的小遊戲的原因嗎？可能是因為你急需那筆錢？或者，你打算拼死一搏？？？嘻嘻嘻嘻嘻嘻嘻！」

他**卑鄙地**大笑。

我**羞愧難當**，感到很丟臉，我看了看狄勒鼠，他將兩個拇指豎起，暗示**十億**，他以此來提醒我，為了贏取獎金不惜付出一切代價！

我莊嚴地回答：「我參加這個遊戲**完全**出

於個鼠的原因……托圖利安先生，如果你不介意，我喜歡保守祕密。」

他失望地吱吱叫：「為什麼，呃，當然……讓我們回到正題上來吧。你知道，問題回答錯誤，就會被射出的彈簧夾住尾巴……甚至被夾斷！」

我聽得汗毛直豎，*瑟瑟發抖*。

觀眾偷偷地竊笑。

一隻矮胖、皮毛漆黑、**肌肉發達的**老鼠開始打鼓：

「咚咚咚咚，咚咚咚咚咚，咚咚咚咚……」

錄影室裏的氣氛驟然緊張。

我發覺他們一個個都屏氣凝神。

我掃視了一下錄影室：導演正在滿意地搓着手爪。

很明顯，收視率正在上升……

懲罰鼠喊道：「開始第一個問題。當心你的尾巴，史提頓！嘻嘻嘻嘻嘻嘻嘻嘻！」

「當心你的尾巴，史提頓！」

你確信準備好了嗎，史提頓？

　　懲罰鼠尖叫道：「現在是第一個問題……你**準備**好了嗎，史提頓先生？」

　　我集中精神回答：「是的，我**準備**好了。」

　　他強調道：「你確信**準備**好了嗎，史提頓？」

　　我說：「是的，我**準備**好了」

　　他說：「**準備準備準備？**」

　　我說：「是的，我**準備得相當好！**」

　　他說：「你肯定你集中精神了嗎？」

　　我說：「是的！我肯定！」

　　他說：「你肯定你完全集中精神了嗎？」

　　我說：「是是是是是是是的！」

　　他說：「我可以開始提第一個問題了嗎？」

　　我說：「是的，當然。」

他說：「你看起來還沒有把精神集中在我這裏……」

我說：「不，我精神相當集中，我向你保證。」

他說：「你看起來臉色蒼白，非常蒼白……」

我說：「吱吱吱！」

他說：「我看見有汗水從你的鬍子上滴下來……你似乎有些不安……或者，我應該說非常不安……」

吱吱吱！吱吱吱！！！

我憤怒地嚷道：「吱吱吱！吱吱吱！快開始吧！我無法忍受了！！！」

他很高興向我發難，懲罰鼠沒安好心地竊笑道：「好，

我們現在開始……」

他開始發出令鼠不寒而慄的聲音：「這是一個*非常非常簡單*的問題，史提頓先生……的確很*簡單*，只要你知道答案，嘻嘻嘻嘻嘻嘻嘻！」

評審委員都卑鄙地笑着。

我抹乾我已經滲出汗珠的鬍鬚，並設法令自己放鬆。

懲罰鼠莊嚴而清晰地說道：「第一個問題！你可以告訴我們……單詞……萬聖節前夕 (Halloween) ……的本來涵義嗎？？？」

黑老鼠開始打鼓。咚咚咚咚咚，咚咚咚咚咚，咚咚……

我說：「哎呀，我的意思是，啊哈，是的，當然，萬聖節前夕 (Halloween) 是一個古凱爾特語單詞。

「凱爾特人來自歐洲北部，首先慶祝萬聖節前夕，他們點燃**篝火**並戴着 **面具** 在篝火的周圍跳舞，還有……」我用肯定的口吻得出結論：「單詞萬聖節前夕的本來涵義是紀念所有聖人的那一天的前夕！」

懲罰鼠直直地盯着我並喃喃道：「這是你的答案嗎？你確定嗎？」

我肯定地說：「是的，我確定！」

他假裝擔心地低語道：「如果你願意的話，你還可以更改你的答案！」

我**搖了搖**頭，「我確定我所說的！我相當肯定！」

他看起來很失望，搖了搖頭，然後極不情願地宣布道：「答案……**正確！**」

評審委員沮喪地咕噥着：

「**不不不不不不不！！！**」

我意識到他們很失望:他們想看到鼠血橫流!

懲罰鼠又吱吱地叫開了:「第二個問題!被古埃及人用在⋯⋯防止屍體腐爛中的⋯⋯物質是什麼?那種乾屍我們也叫它⋯⋯木乃伊!」

我考慮那個問題一段時間後,回憶起在《乳酪金字塔的魔咒》一書中所描述的我的歷險經歷。這時候,在錄影室內,鼓聲隆隆作響。

咚咚咚咚咚,咚咚咚咚咚,咚咚⋯⋯

「呀⋯⋯那種物質的名字是⋯⋯我想⋯⋯我肯定,那種物質叫作馬姆!它是一種黏性物質,由瀝青、沒藥樹脂和其他成份混合而成。

木乃伊

這種物質可以保存死屍！」

　　懲罰鼠檢查一下答案後失望地宣布：「正正正確……」

　　評審委員又嗡嗡地議論起來。

「**不 不 不 不 不 不 不 ！！！**」

　　我看見狄勒鼠滿意地微笑。

　　懲罰鼠尖叫道：「第三個問題！年輕老鼠可以莊嚴宣誓成為爵士的**老式**典禮叫什麼名字？」

　　我得意洋洋地回答：「這叫做授職儀式（investiture），我當然知道！」

…… 授職儀式

　　懲罰鼠非常失望地

說：「再次正確……」

評審委員嚷嚷起來：

「不不不不不不不！！！」

我聽到他們的竊竊私語聲……

「這些問題太簡單了！」

「不，參賽者太聰明了！」

「他們告訴我們會有血鬥，但是，至今他們甚至還沒有夾到他的尾巴！」

「我說他們是一夥的！」

「史提頓看起來詭計多端！」

錄影機攝錄我撫着鬍子滿意地微笑的樣子。

懲罰鼠繼續說：「第四個問題！1897年……寫作著作《德雷庫勒》的愛爾蘭作

家⋯⋯叫什麼名字？」

　　我得意洋洋地回答：「布蘭·史杜克」

　　懲罰鼠看起來相當憤怒。

　　他嘟嚷着說：「正確！」

　　評審委員們「轟」地一下子又議論開來：

「不不不不不不不！！！」

　　懲罰鼠清了清嗓子，開始宣布最後一個價值十億元的超長問題，這筆獎金至今還沒有人贏得過。

　　「1.《弗蘭肯斯坦》這部小說是誰寫的？

　　2. 他什麼時候出

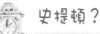

生，什麼時候去世？

3.這本小說什麼時候寫的，作者為什麼寫這本小說？

4. 創造怪獸的那個愚蠢的科學家叫什麼名字？

5. 這本小說的情節發生在什麼地方？

你有一分鐘的時間回答問題！」

當鼓聲在我的耳邊響起時，我盡量集中精神。

弗蘭肯斯坦

這問題的確很難！

咚咚咚咚咚，咚咚咚咚咚，咚咚……

我心裏七上八下，真害怕答錯！我從眼角

瞥見狄勒鼠正絕望地注視着我。

我**全身心地**去思考問題，想到我的腦袋都快要爆炸了。

觀眾們帶着興奮的心情屏住呼吸，我聽到彈簧發出咯吱咯吱的聲音，好像隨時準備彈起⋯⋯

然後，我突然大聲喊出了答案，這使得懲罰鼠跳了起來：

「*1. 小説《**弗蘭肯斯坦**》是瑪麗·雪萊寫的！*

2. 她生於 1797 年，死於 1851 年！

3. 瑪麗·雪萊於 1816 年開始寫那本小説。在一個與朋友聚會的 party 上，每個人都講了個鬼故事，她從中獲得靈感去寫一隻由愚蠢的科學家創造的怪獸！

4. 那個愚蠢科學家的名字是維克托·弗蘭肯斯坦。

5.這本小説的情節發生在巴伐利亞的英戈爾施塔！」

錄影室裏鴉雀無聲。

黑老鼠停止擊鼓，和其他鼠民一樣靜候結果。

懲罰鼠失望地掃視一下錄影室，然後**顫抖**着鬍子宣布：「啊哼，這個問題的答案是……是……是……是……正確的！！！」

所有的困境都已經**擺脱**。

狄勒鼠跑過來擁抱我，他高興地尖叫着：

「**我們贏得了十億，史提頓！**」

那也就意味着……

我平安無事……《**鼠民公報**》也平安無事。

狄勒鼠高興地擁抱我……

神秘的老鼠是……

在離開之前，我走到「捕鼠器」的會計櫃台，在那裏，懲罰鼠極不情願地用手爪抓起一堆金幣，連同運送金幣的手推車一起交給我。

狄勒鼠歡呼道：「*最後，真是一個大勝利……*」

我們由一輛裝甲車護送回到克德斯街。

此時天剛朦朦亮，我看見**一羣**新聞記者在等候我。

「史提頓先生，你挽救了你的尾巴，開心嗎？」

「告訴我們，感到壓力大嗎？」

「告訴我們，一定要告訴我們，史提頓先生，你還要再來一次嗎？」

我用最大的聲音尖叫道：「**不可能！我不可能再參加！**」

我砰然關上大門，將他們拒之門外。

唷！我已經盡力而為！

百吉用一個大的三重乳酪包歡迎我們，三重乳酪包上用一些白飯魚醬寫着：**史提頓做得好！**

我十分感動地品嘗了它。

「百吉，謝謝你。患難之交，才是真朋友……」

菲十分滿意地揮動着一張報紙來了。

「我發現了那隻神祕老鼠的身分。他是……」

我大喊：「他是誰？」

狄勒鼠也大叫道：「他是誰？告訴我！」

我的所有合作者都以同一個聲音大叫道：

「他是誰？告訴我們！」

菲咯咯地笑着，並喃喃道：「那隻神祕的單眼老鼠叫做弗拉斯·沖刷鼠，就在三天前，他還向我們推銷廁所清潔衛生用品！」

菲繼續說：「沖刷鼠先生三十年前創立了一家生產衛生間的公司。他是一隻富有的老鼠，非常富有的老鼠……他發明了有保暖坐板的衛生間。」

我大喊道：「不錯！沖刷鼠的衛生間是

眼光敏銳老鼠的
新伊瓦索帕拉士廁所！

調節廁所座板
高度的按鈕

開動沖水裝
置的光電池

有十層的絲狀超軟
廁紙，並印上主人
姓名的首字母

厚防臭
所蓋

愛書者
用的自
翻頁機

音響組合的
音量旋鈕

下設備的控
鈕：
電腦(上網)
燈光
百葉窗

專利擁有人：帝拉斯‧沖刷鼠

動清潔、
水、除臭
刷子

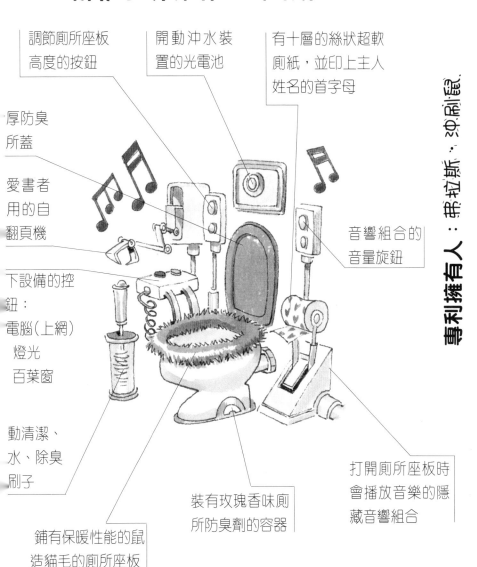

打開廁所座板時
會播放音樂的隱
藏音響組合

鋪有保暖性能的鼠
造貓毛的廁所座板

裝有玫瑰香味廁
所防臭劑的容器

眾所周知的！我看過廣告……」

我拿起話筒撥電話給他，我認為這樣更好：「我想要和他進行一次鼻對鼻的會面以表明我的一點誠意！」

這時，狄勒鼠已經把金幣數了又數，並用精密天平秤了又秤每個金幣的重量（他的一句格言是：相信別人是好的，不相信更好），我叫一輛 **的士** 載我到約克郡布丁街13號樓《鼠民公報》的辦公室（現在是《**咆哮老鼠**》的辦公室）。

我走出的士，眼睛含滿懷舊的淚水，一直走向我（以前）的辦公室。

我承認，我是一隻多愁善感的老鼠……

弗拉斯‧沖刷鼠先生

我按響了出版社的門鈴並自豪地宣布：「讓我進去！我的名字叫史提頓，**謝利連摩‧史提頓**！」

大門突然打開，我沿着走廊一直走到那個熟悉的房間：

我（以前）的辦公室！

我走了進去。

一隻單眼老鼠正坐在書桌後面，他的鼻子正傾向那些稿件，就好像一隻老鼠在咬食一片乳酪。他戴着 **黑色眼罩**，這使他看上去有點像海盜⋯⋯他矮胖而結實，皮毛搽了髮乳，**閃閃發亮**。他穿着**粉筆色**的條紋西

裝，乳黃色的襯衫，工頭似的，身上散發着昂貴的藍色乳酪潤膚露的香味。

他的珍珠**鈕扣**上刻着字母「**W**」和「**C**」。

他的右手爪戴着鑲有昂貴鑽石的金戒指。

他的手腕上戴着鑲有鑽石的很昂貴的金手錶。

總體效果是相當**炫耀的**！

他威脅地看了我一眼，握緊他的手爪，然後咕噥着説：「以一千個馬桶刷的惡臭發誓！你是誰？你想做什麼？」

我驕傲地回答道：「讓我首先自我介紹一下：我的名字叫史提頓，**謝利連摩·史提頓**！我經營《**鼠民公報**》！**吱吱吱！**」

他的右手爪戴着鑲有昂貴鑽石的金戒指。

92

他咆哮道：「以大號的抽水馬桶發誓！你在這裏做什麼？這不再是你的辦公室了！」

我嘲笑般地大笑起來。「我剛剛贏得了十億……我打算把這筆錢全部投資在我的出版社上。現在我也非常、非常富有了！我將以鬍子發誓來聘請你，弗拉斯！到目前為止，你本來已有了有利條件……但是，現在事情有了變化！」

他沒有作聲，握緊他的手爪。

他木然地注視着我，瞇縫起眼睛似乎要將我看穿。

毫無疑問，他是一隻固執的老鼠。

但是，有時候我也很固執！所以，我理順了一下我的鬍子然後吱吱地說：

「這座城市對我們倆來說太小了，弗拉斯！」

他保持沈默，並理順他的鬍子。

我繼續說：「我再說一遍：現在我富有了，非常、非常富有──我們可以平等競爭！」

弗拉斯‧沖刷鼠

他的臉色似乎**變得慘白**（可能嗎？），他搖頭說：

「**不！**」

「**不什麼？**」我問。

他再次搖頭。「我說不。我倆永遠不會平等競爭……」

我迷惑地問：「為什麼？」

他沈默了一會，用一隻眼長時間地注視着我，然後突然把頭趴在桌子上痛哭了起來。

「我倆永遠不會平等競爭……因為你很聰明，而我沒有經營一家出版社的條件！嗚嗚嗚嗚嗚嗚嗚！」

我實在是累壞了。

在廁紙上簽名

他**繼續抽泣**着説：「我從未有機會學習……我是一隻白手起家的老鼠……我非常想有一家出版社……」

我走到他身邊喃喃地説：「起來，振作起來，畢竟，你擁有一家 **報社** ……《**咆哮老鼠**》」

他以老鼠特有的速度打開抽屜，取出印着號碼的報紙。

「不是真的！看一看這個！報販正在退回我的所有報紙，書店正在退回我的所有圖書……讀者只需要《**鼠民公報**》和史提頓出版社的圖書！嗚嗚嗚！」

我粗略地掃了一眼沖刷鼠出版的圖書。

鼠民不喜歡它們的理由是相當明顯的。

因為題目相當可怕!

可怕的圖書……

水喉的原理：
弗拉斯・沖刷
鼠關於生活
意義的漫無
邊際的講話

家裏自助

等候管道
工時要做
的事情

不斷絕跡
的廁所的
祕密

探險小說

奧莉戈
米・蓋勒
正在使用
廁紙

一隻陌生的
老鼠講述
廁所經歷數
代清潔設備
的整段歷史

由砲發老鼠集團出版

　　我很同情弗拉斯，試圖安慰他：「你沒
有成功不是你的過錯。一隻鼠不可能在一夜之
間就成為一個出版商，我花了二十年的時間才
學會這一行。想像一下，我只有十三歲的時

候，我爺爺就讓我校對並帶我光顧書展……」

他仍然在哭，將鼻涕擤在一條很大的有黃色點點的**紅色**手帕上，鬍子滴着淚水：「哦哦！唉唉！你說讓我振作起來……我是一隻無知的老鼠……一個失敗者……一隻三流的老鼠……」

我靠近他坐下來。

「過來，不要哭。不要那樣貶低你自己……」

他咕噥着說：「你說起來容易，你很有名，妙鼠城裏的每個鼠民都認識你，你的圖書非常漂亮，你知道我已經讀過你所有的圖書嗎？」他從桌子的抽屜裏拿出我的一本書，《愛就像乳酪》。

「你可以給我簽名嗎？吱吱吱，這是我最喜愛的書！」

我的爺爺帶我到書展……

我考慮了一會兒後寫下題辭：

「*致我的新朋友弗拉斯‧沖刷鼠，祝願他不久能在他自己的書上簽名！*」

他沮喪地搖搖頭。

「我最好能在新款的廁紙上簽名⋯⋯」

書還是水喉？

　　沖刷鼠答應歸還我的辦公室。我打電話給鼠莎娜，聽到這消息她很開心。「我們要回約克郡布丁街 13 號樓了嗎？那真是太好了，史提頓先生，我馬上告訴其他鼠！」

　　幾分鐘後，我聽到了喊叫聲：「小心你的鬍子，狄勒鼠來了！」

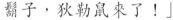

　　我想要躲開，但是，大門一次又一次地被突然打開，也一次又一次地猛擊到我的鼻子，一次又一次地擦傷我的鬍子。

我呻吟着說：「吱吱吱！吱吱吱！吱吱吱！」

狄勒鼠帶着書猛力衝進了房間。

他一邊把書放回書架上，一邊用口哨吹出老鼠島的國歌，傷心的沖刷鼠在一旁看着他。

「**小說**、**報紙**、文化，我說……你很幸運有這樣一份有趣的工作……在過去的二十年裏，我生產洗手盤和馬桶，這完全不是一樣的事，你知道……」

「但是，你賺了很多錢！」

他搖搖頭。「有些東西是錢買不到的，史提頓。例如，文化！」

我聽到窗外有鼠在大喊。

我快步往窗口走去，把身體探向窗外。

在我的辦公室樓下，有一羣鼠民在喊叫：

「史提頓！

我們要報紙！

給我們報紙！

史提頓！」

我笑笑。

那羣鼠民現在甚至喊得更大聲：「報紙，史提頓！我們要報紙！！！」

我打手勢叫他們保持安靜，我大聲說：「你們要報紙？會有的！從明天開始，一切都將回復正常，你將會在報攤上買到《**鼠民公報**》，在本島上所有書店都將可以買到史提頓出版社的圖書！」

一千把聲音在吱吱地叫着：「是是是是是是是是的，《鼠民公報》萬歲！」

我轉過身看見悲傷的沖刷鼠站在角落裏。

狄勒鼠尖叫道：「史提頓，我有一個聰明的想法，價值十億！為什麼你倆不一起開一家出版社出版藝術圖書？史提頓提供他的出版經驗，而沖刷鼠投入資金……」

沖刷鼠的眼睛亮了起來。

「我有一個聰明的主意，讓我們把它叫作『清潔的藝術！』」

我建議道：「啊哼，沖刷鼠，為什麼不用一個更經典的名稱……例如，頂尖藝術」

「好！」

沖刷鼠愉悅的緊緊地擁抱着我，然後他把身體探向窗外大聲叫道：「我也有一家出版社，我也有一家！哈——哈——哈哈哈！」

然後他大聲喊叫，在街的另一邊也能夠聽

到：「它叫做頂尖藝術。我不想自吹自擂，我們只想在這裏談談藝術！！！」

那羣鼠民聽得有點糊塗。

然後，一千把聲音喊叫起來：「是是是是是是是的！弗拉斯‧沖刷鼠萬歲！」

然後，又喊道：「頂尖藝術萬歲！」

把它記錄下來，抄寫鼠！

第二天早上，我看見門上有一塊閃閃發亮的黃銅牌子，上面雕刻着：

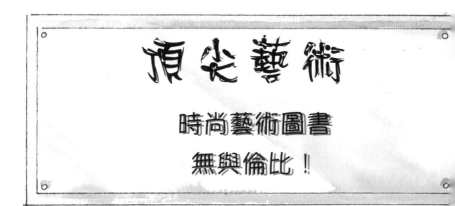

頂尖藝術
時尚藝術圖書
無與倫比！！

弗拉斯已經在他的新辦公室裏安頓下來，就在我的隔壁。

他正在向他的祕書口授記錄，他的祕書叫

做斯克羅蘭・抄寫鼠，是一隻**灰色皮毛**、長相溫順的老鼠。

情緒高昂的沖刷鼠喃喃道：「藝術，啊，藝術……」

與此同時，抄寫鼠寫下：「藝術，啊，藝術……」

正在這時，我的全球文化顧問，**梵鼠通・托比亞**碰巧經過。他是我的編輯助理畢粉紅的叔叔。

你見過托比亞嗎？我在撰寫《**預言鼠的神祕手稿**》時見過他。雖然我們對某些圖書的看法不一致，但自從那時起，他一直是我的好朋友……

托比亞 ⟵ 張開他的手爪 ⟶ ，並且以聾鼠聽聞的聲音喊道：「原諒我，我相信藝術應

該永遠擁有一個大寫字母 A！」

弗拉斯有着極度的熱情。他說：「以一千個陶瓷便壺發誓，你是對的。請更正那一點，抄寫鼠，藝術帶有一個大寫字母 A ！」

抄寫鼠順從地更正，「藝術帶有一個大寫字母 A ……」

梵鼠通・托比亞

神聖的貓

畢粉紅

托比亞幾乎狂熱地繼續講着：「啊！啊！！終於有鼠對藝術、文化和圖書感興趣了，在這個辦公室裏缺乏文化動力……一個真正的知識分子(Intellectual)帶有大寫字母 **I**！」

沖刷鼠滿懷熱情地説：「知識分子？帶有大寫字母 **I**？當然！過來，到我的辦公室裏來，我們談論一下這個話題吧……」

沖刷鼠**抓住機會説**：「我有許多想法，你知道，是關於知識類和藝術類圖書的……」

沖刷鼠叫我：「史提頓！以最早的帶有大寫字母 **T** 的廁所（Toilet）發誓，過來聽一聽這隻有知識的老鼠的看法，它們一定和文化有關！」

但是，我已經溜走了。

《老鼠回憶錄》

六個月以後。

晚上七時：我聽到我家外面傳來汽車喇叭聲。

我把身體探出窗外：一輛乳黃色豪華轎車正停在街上。

穿着一件**灰粉筆色**條紋西裝的老鼠把身體探出窗外：是的，正是弗拉斯·沖刷鼠！

「下來，史提頓，不早了！你忘記了由我們出版社舉辦的**易印品**（Impressionables）展覽的開幕式，和之後的**房子音樂**（Room music）會了嗎？」

我到了樓下，坐上私家車，吱吱叫地說：「啊哼，弗拉斯，我希望你不介意我糾正你的

說法，他們叫做印象派藝術家（Impressionists）而不是**易印品**（Impressionables）……，那叫做室內音樂（Chamber music）而不是**房子音樂**（Room music）……」

他聳動**毛茸茸的眉毛**大聲叫道：「真的嗎？？？以水喉工的活塞發誓，我很高興知道！」

他接着向坐在司機側邊的祕書喊道：「把那一條記錄下來，**抄寫鼠**！」

那隻老鼠吱吱叫地回答道：「我馬上做，弗拉斯先生！」

弗拉斯輕聲笑着並用手肘開玩笑地推開我。

「難聞的味道，親愛的史提頓，按照這樣的速度，我很快就可以成為一隻聰明的老鼠了！我正在寫自傳（我對抄寫鼠口述）。我考慮把它叫做《老鼠回憶錄》……

……我可以
發生在書中間的一些事情了！這樣，
鼠民每撕掉一張廁紙的時候就可以讀一次！

「我們可以邀請名牌廁紙商贊助，例如，**弗拉菲內特**！你認為怎麼樣？嗯？你喜歡這個主意嗎？」

他沒有等我回答就**咆哮道**：「把那件事情記錄下來，抄寫鼠！你把它寫下來了嗎？抄寫鼠？？？以一千條喉管的鐵鏽發誓！」

斯克羅蘭·抄寫鼠

然後，他轉向我。「哎呀，你有什麼想法，史提頓？嗯？作為合夥鼠好嗎？」

我不慌不忙地說：「啊哼，無論如何，我會考慮這個主意，它真是一個新穎的主意……」

這時，我們到了舉辦畫展的畫廊。

我們從私家車裏**走出來**，向畫廊走去，在那裏，我們出版社舉辦的開幕**儀式**即將開始。

沖刷鼠感到非常開心。他走進畫廊，大聲喊道：「我是來自**頂尖藝術**集團的沖刷鼠先生！」

他開始到處和文學家老鼠、新聞記者老鼠及作家老鼠握手爪,他開心地尖叫:「你好!你好嗎?非常美妙的展覽,嗯?多好的印象,這就是印象派藝術家,哈哈哈哈哈⋯⋯」

然後,他向我走過來並感動地喃喃道:

「謝謝,史提頓。我竟然擁有了自己的出版社,我真的很開心。你實現了我最大的願望!你是一個真正的朋友!」

……已經成為一隻聰明的老鼠了！

　　説着，他走開了，我認為弗拉斯真的成為了最聰明的老鼠。

　　就在這時，我聽到有鼠大叫：

「**小心你的鬍子，**
　　　　狄勒鼠來了！」

　　大門突然被撞開，但是我以老鼠特有的速度躲開了……所以，這次門沒有拍到我的鼻子，也沒有擦傷我的鬍子！！！

　　他微笑着喃喃道：「你好！和你一起工作很好，史提頓！」

　　我喃喃道：「和你一起工作也很好，狄勒鼠！」

　　然後，我在我的鬍子下露出*微笑*……

妙鼠城

老鼠島

1. 大冰湖
2. 毛結冰山
3. 滑溜溜冰川
4. 鼠皮疙瘩山
5. 鼠基斯坦
6. 鼠坦尼亞
7. 吸血鬼山
8. 鐵板鼠火山
9. 硫磺湖
10. 貓止步關
11. 醉酒峯
12. 黑森林
13. 吸血鬼谷
14. 發冷山
15. 黑影關
16. 吝嗇鼠城堡
17. 自然保護公園
18. 拉斯鼠維加斯海岸
19. 化石森林
20. 小鼠湖
21. 中鼠湖
22. 大鼠湖
23. 諾比奧拉乳酪峯
24. 肯尼貓城堡
25. 巨杉山谷
26. 梵提娜乳酪泉
27. 硫磺沼澤
28. 間歇泉
29. 田鼠谷
30. 瘋鼠谷
31. 蚊子沼澤
32. 史卓奇諾乳酪城堡
33. 鼠哈拉沙漠
34. 喘氣駱駝綠洲
35. 第一山
36. 熱帶叢林
37. 蚊子谷

《鼠民公報》大樓

1. 正門
2. 印刷部（印刷圖書和報紙的地方）
3. 會計部
4. 編輯部（編輯、美術設計和繪圖人員工作的地方）
5. 謝利連摩‧史提頓的辦公室
6. 直升機坪

老鼠記者

11. 舅面雙鼠

謝利連摩被冒充了！那隻鼠大膽到把《鼠民公報》也賣掉了。班哲文想出了奇謀妙計，迫賴皮男扮女裝去對付幕後主謀。

12. 乳酪金字塔的魔咒

乳酪金字塔內為什麼會發出噁心的氣味？埃及文化專家飛沫鼠教授在金字塔內暈倒了，難道傳說中的金字塔魔咒應驗了？

13. 雪地狂野之旅

謝利連摩被迫要到氣溫達零下40度的鼠基斯坦去旅行！他要與言語不通的當地鼠溝通，也要坐當地鼠駕駛的瘋狂雪橇。

14. 舅寶奇鼠

沈沒了的「金皮號」大帆船裏藏有13顆大鑽石，謝利連摩一家要出海尋寶啦！麗萍姑媽竟然可找到意想不到的寶物啊！

15. 逢凶化吉的假期

謝利連摩竟然參加旅行團到波多貓各旅行！可是還次旅程，一切都貨不對辦！他更要玩一連串的刺激活動呢！

16. 老鼠也瘋狂

謝利連摩聘請了畢粉紅為助理後，瘋狂的事情接連發生，連一向喜歡傳統品味的他，也在衣着上大變身呢！難道他瘋了嗎？

17. 開心鼠歡樂假期

《小題大作！》附送的遊戲特刊很具創意啊！謝利連摩的假期，就是和畢粉紅整隊童軍鼠擠在破爛鼠酒店裏玩特刊介紹的遊戲！

18. 吝嗇鼠城堡

吝嗇鼠城堡的堡主守財鼠，邀請了一大堆親戚來到城堡參加他的兒子荷包鼠的婚禮！堡主待客之道就是「節儉」！

19. 瘋鼠大挑戰

膽小的謝利連摩被迫參加瘋鼠大挑戰，在高速飛奔中完成驚險特技。誰也想不到，最後的冠軍竟然是……

20. 黑暗鼠家族的祕密

謝利連摩去拜訪骷髏頭城堡裏的黑暗鼠家族，在那裏遇上一連串靈異事件。最終，他竟然發現這個家族最隱蔽的祕密……

21. 鬼島探寶

謝利連摩一家前往海盜羣島度假，無意中發現了藏寶圖，歷經一番驚險的探索，他們發現財寶所有者竟然有史提頓家族血統！

22. 失落的紅寶之火

謝利連摩深入亞馬遜叢林尋找神祕的紅寶石，他竟發現有一夥破壞森林的偷伐者也在尋找那顆寶石⋯⋯

23. 萬聖節狂嘩

10月31日是老鼠世界的萬聖節，在恐怖的節日晚會上，謝利連摩不得不忍受無休止的惡作劇和成羣結隊的女巫、魔法師、幽靈、吸血鬼⋯⋯

24. 玩轉瘋鼠馬拉松

冰火城馬拉松不僅路途遙遠，還有沙暴、冰雪、地震和洪水等各種危險，甚至突然闖出一隻殺氣騰騰的惡貓！

25. 好心鼠的快樂聖誕

謝利連摩度過了最糟糕的聖誕節，早已準備好的聖誕派對落空了，謝利連摩一向樂於助鼠，他身邊的老鼠會怎樣幫助他呢？

26. 尋找失落的史提頓

從一封奇怪的信件，展開一段英國尋根之旅，從而揭發連串乳酪失竊事件，憑着謝利連摩的機智，能尋回散失的乳酪嗎？

27. 紳士鼠的野蠻表弟

真是天方夜譚！性格狂妄自大、自私自利、行為野蠻無禮的賴皮此次竟然獲頒「傑出老鼠獎」！究竟一隻如此野蠻的老鼠為什麼會得獎？

28. 牛仔鼠勇闖西部

謝利連摩手無寸鐵，但目睹西部的居民長期受到黑槍手們的壓迫，毅然與邪惡、兇殘的槍手首領黑夜鼠決鬥，結果⋯⋯

29. 足球鼠瘋狂冠軍盃

冠軍盃總決賽要在妙鼠城舉行，謝利連摩被迫代替失蹤的足球隊長去參加比賽，從未踢過足球的他會把這場球賽搞成什麼樣子呢？

30. 狂鼠報業大戰

一夜之間，《咆哮老鼠》席捲妙鼠城，一向暢銷的《鼠民公報》面臨前所未有的危機，究竟謝利連摩能否力挽狂瀾，保住報業大亨的寶座？

親愛的老鼠朋友，
　　　下次再見！

謝利連摩・史提頓

Geronimo Stilton